にず

田宮智美歌集

現代短歌社

にず ＊ 目次

にず

なにせ春

仮住まいだと思うから暮らせてる　繋ぎと思って仕事もできてる

ベランダに出ては向かいのアパートの灯かりの数を数えてみたり

お財布に一五二円入ってて、その使い道を三日考える

包装のビニルも花火と言い張って火をつける父を信じていた日

閉店の決まりし店に今日もまた老夫婦来てコーヒー飲めり

終業のロッカールームで出くわせばアメ玉出てくるおばちゃんの鞄

この街に暮らす理由も故郷に帰る理由もなくミカン食む

春だからなにかがうまくいきそうな気がするなにせ春なのだから

「。」

好きじゃない人と付き合い二ヶ月で別れた友の愚痴を聞く夜半

一人旅装うブログ打つ君の携帯カメラに映らぬわたし

文末にハートの絵文字をつけてみて消して「。」って打って送った

そーしそーあいそーしそーあい風車からからまわる誰も見てない

ほだされてしまいたかった夏の夜の形見みたいな火薬の匂い

溺れたり流されたりもできなくてわたしはわたしのままの水底

アルバムのなか幼子を抱く母は知らぬ笑顔で一つ年下

大人にはなれず子供のままでなどいられず春菊食めばおいしい

父母が恋愛結婚じゃないからわたしは愛の結晶じゃない
助手席でドーナツ食べた記念日が何もない日で塗り替えられゆく

三月十二日

この部屋はわたしの部屋か戸を開けてなみだも出ない三月十二日

「たすけて」と言えれば会えたかもしれぬ夜に一人で過ごす避難所

（そののちにこわれてしまう）約束がひかりであった避難所のころ

海を見て過ごした

目を閉じて高速バスに揺れおれば帰れない日の助手席へとぶ

「仕事で？」と聞かれて「はい」とうそぶけり浅虫温泉一泊二日

オーシャンビュー独りじめするよろこびを独りじめしている六畳間

絵はがきに写し誰かへ送りたいような夕陽だ（誰かって、誰）

砂浜でじゃれあっている二人連れが旅館五階の窓から見える

ご夫婦で千葉から来たと言う人と分け合う展望風呂の夕焼け

赤い帯うまく結べずスカートのように浴衣がひろがってゆく

水曜の午前七時の海岸にスーツ姿の消えてまた来て

「一人旅してきたよ」って言うための旅になりゆく温泉まんじゅう

声にして涙と波が似ていると気づいた秋の海水浴場

今だっていつかは過去になることを知りつつも今さらわれたい青

でも君の最後の相思相愛の相手はわたしのままだ　潮騒

生きててもいいと思った天気予報外れて晴れた波打ち際で

海を見て過ごしただけの休日をいつかきらきら思い出そうね

過ぎるのを待つ

思い出せ引き返すなと久々の津波警報にアナウンサーは

まもるものもなくまもられるものでもなくただ過ぎるのを待つ震度4

返信はいいと送った友からの返信が来る震度5ののち

震災後通い始めたメンクリへの道の辺に建つ仮設住宅

被災して二年も経てば厚くなる無料配布の求人雑誌

自己紹介の十分後には震災のよもやま話に移る合コン

『震災婚』『震災離婚』並びいて『震災離婚』のほうを読みたり

「宝くじ初めて買った」二年経ちようやく会えた友は真顔で

ことのほかお見舞いくれた東京の叔母へ今年も贈る喜久福《きくふく》

そのままにしておく白い壁紙のひび割れ　時にそっと触れおり

うしろ髪

戦争を大震災に置き換えて『東京物語』リメイクされたり

薄い壁越しに花火の音を聴き裸でそうめん茹でる　一人だ

故郷のなすときゅうりにベランダのしそを刻んでだし作りおり

新しいアドレス帳に移さない去年花火を共に見た人

縦に割り肉を詰めたるピーマンの二つになるを一人食みおり

避難所へ持ち込むときに名を書いたタオルケットで今夏も眠る

うしろ髪自分で切って失敗しても結わえてしまえば誰も気づかず

グラスに水滴

ゆるやかに解雇宣告されており麦茶のグラスに水滴増えて

嘔吐して早退したるバスの中お年寄りに席をゆずってしまう

地蔵かと寄ってみたれば金剛夜叉明王あかい前掛けをして

文庫本しのばせてゆく晴れた日の国民年金免除手続き

過去のことばかり綴ってある日記たしかにわたしが書いたのだけど

酔えもせず吐いてしまいぬああわたしどこへも逃げる場所がなくって

酔ったらばあらわれるという正体を酔えないゆえに一生知らず

溺れたりきっとするから前もって酒の飲めないわたしと思う

呪文のように

四年ぶりに職安に来つ被災者か否かを分ける欄できており

好きだった職を辞したり震災ののちに勤務も人も変わって

〈※被災求職者対象求人〉多かれど被災者枠に入れぬわたし

震災によって別れた人も来る震災婚の式の二次会

「津波にも遭っていないし住む場所も家族もなくしていないんでしょう？」

履歴書を書く　震災時知らぬ人にまぎれて床に寝た図書館で

震災が起きなかったら、震災が起きなかったら、呪文のように

くちづけ

「また姉妹で温泉行こう！」婚約を伏せた賀状に添え書きありき

あれほどに結婚しないと言っていたいもうとも二十九で嫁ぎたり

いもうとの誓いのキスをながめおり未だ口づけをわたしは知らず

式帰り電車の中で小津安二郎『麦秋』が好きと父に語れり

いつまでも仮住まいなるこの部屋でいつか誰かと鍋をつついた

にず

仕事終え夕飯ののち市場へとモロへイヤ出荷しに行くトラック

日曜はいつも畑で休みなど休みでないのだ兼業農家は

父も母も畑に出でて職無しのわたしはせめて食事を作る

服薬をするために食む朝ごはん晩ごはんなり少し肥えたり

山形のだしは家庭の味にして我が家のほかの味はわからず

おすそ分けされたり隣の逸希《いっき》ちゃんの七歳の誕生日祝いの餅を

そうだ日記書かなきゃ日記きっと読み返したくなどならない日記

こんなはずじゃなかった今を生きているただ生きているまた朝がくる

こけしこけしこけしが欲しい胴をにぎり頭をなでて可愛がりたい

心病むおとうとが居間のテーブルの周りをぐるぐる回っておりぬ

お座りといえばお座りする犬の黒い眼に見つめられおり

日の影が移りゆくたび日の影に犬はおりたり犬小屋の前

しあわせな歌が詠みたい誰からも全然ほめられなくていいから

梅干しを漬けんと母が購いし氷砂糖を祖母と舐めたり

お下がりの介護ベッドにシルバーカー使いて祖母の八十八歳

くり返し「寂しい人生だ」とつぶやけば祖母に「楽しい」と訂正される

虹、虹と幾たび言えど通じぬを「にず」でようやく伝わる、祖母に

大吉を当てたり祖父の命日の墓参ついでにおみくじ引けば

包丁の音

いもうとに先を越された不憫なる姉をことさら演じていたり

いつまでも帰る場所ではないような実家で作るナスの肉詰め

子供部屋むすめ二人が家を出ていつまで子供部屋なんだろう

犬のために生きてるような友がいて一人暮らしで十五歳上

寝そべったその身をひねり手術痕舐めているなり雨の雄犬

くちびるで舌で触れるということの、あなたの（わたしの）獣を怖る

あれはどこのじいさんと思えば父なりき畑で鍬を振るうすがたの

たぶん行くことはもうない父親の実家にあった鰹節削り

包丁の音であなたを待たせてた時間をわたししあわせと呼ぶね

独り居の友ことごとく犬猫と暮らしておれどわたしは飼わず

絵本など

独り身のわたしもついに新しき称号を手に入れたり「伯母」の

いもうとの同棲、結婚、妊娠もみな母親の口より聞けり

わたくしが子を生まずとも祖父祖母に父母はなりゆく　粉雪が降る

ほろほろと鈴カステラは口の中にほどけてゆけり火点し頃を

またしても「子供生みな」と言われたり生まぬまま閉じし年上の友に

ひとりっ子の友は羨む姉として頭を下げし昔語りも

雌と決め犬飼い続ける友である避妊手術はさせず、生ませず

晴れた日は晴子、雪降りなら雪子　生まぬ子の名を考えており

遠刈田こけしの眼こそ良けれ見つめられれば笑みたくなりぬ

絵本などいつかわたしは買うだろう未だ産まれざるいもうとの子に

おとうとの持つ遺伝子の森深く身にこだまして　手を洗いたり

天ぷらが良し

職辞してついに手を付けてしまいたり東京の叔母の震災見舞金

「私らはもう関係ない」と閉経した人が笑って食むコシアブラ

震災を機に不妊治療始めたる当時の上司の齢に並びぬ

東北本線で仮設住宅をながめ通う保育所勤め半年で辞す

一人なり。テレビの中の被災者はみんな誰かと支え合ってて

コシアブラは天ぷらが良し天ぷらは衣冷やして揚げるのが良し

役立たず

「明日　勇気」　ハローワークの求職の申込書の記入例の名

職安の職員さんは職員という仕事中なり机挟んで

受給資格満たせなければいただけぬ手当いくつもありて届かず

献血も拒まれいよいよ役立たずらしい職安帰りのわたし

タクシーに乗ればタクシーの運転手は運転手なる仕事中なり

えらい人ほど開くのか面接官らの両脚に角度差はあり

「なんで」って問われてもよくわからない自分で書いた履歴書なのに

前職を辞めた理由を聞かれればわたしの中の鼓がしゃべる

職安の帰りに五円にぎりしめ寄った神社の桜のつぼみ

お雛さま、お内裏さまだけ飾ったと母のメールのピンボケ写真

こんなふうに

こんなふうに手は繋がれてしまうのか桜見終えてドトールを出て

東京であの三月を過ごしたるひとの手ぬくし仙台駅前

四年ほどのちに出会えば震災をさほど語らぬ二人なりけり

仮設《かせつ》住宅から出てゆく人も受け付けて引越しの事務処理の派遣は

仮設住宅から出てゆく人の転居先に長野、静岡、島根、大分、

『ジヌよさらば』

とぼけたる松田龍平越しに映る「がんばっぺ!東北」のポスター

五年後も役所に貼り付く「ともに、前へ仙台~3・11からの再生」

震災後ボランティア経て転勤により東北へ来るひともおり

ひび割れた白い壁紙この部屋で君にハンバーグ焼く夕べなり

紐を引き

『サラダ記念日』手に取る君の指の毛をながめていたり仙台文学館に

待っているような待たれているような春の日われは半跏思惟像

階段をゆっくり上がってゆく恋だ来週たぶん鎖骨にさわる

戸の中のおとうとを持つ姉であることをいつまで黙っていよう

紐を引き蛍光灯を君が消す　蛍光灯が君越しに見ゆ

産み終えしのちのいもうとの饒舌なメール、キラキラネーム名付けて

山吹のミツビシ鉛筆かばんから君は取り出し甥の名を聞く

帰り来るもののあることうれしくて君が借り行く藤沢周平

君と呼ぶ君のいつしか入れ替わりもう満開のひまわり畑

わたしから忘れられゆく君のため涙を流す峯雲も見ず

心と暮らし

十一階の職場の窓から海が見ゆビルとビルとの間の紺碧

こんな仕事こんな仕事と思いつつひと月居れば給料日来る

交通費出ぬゆえ休みの前日は歩いて帰る二四〇円分

性に合う職種と思う現職の離職率九割とニュースに知りぬ

冬用のコート羽織れば冬になる駅への路をスズメが遊ぶ

真夜中の君のメールは真夜中のわたしの心と暮らしを照らす

五本指の黒い靴下二人して買いに寄りたり　しあわせである

縁談をぼてりとかわす暖冬の東北に降る一月の雪

味噌汁か澄ましどっちにしようかと台所から声をかけおり

コンビニに眠れるＣＤなくなりて痩せるＣＤ置かれる二月

異常なし

ヘリコプターの音ひびきおり五年目の三月十一日仙台の朝

捜されている人がいて捜されぬわたしは部屋の片付けをする

異常無しと診断されるばかりなり震災より続く月経不順

忘れるという復興もありましょう　わたしは忘れ生きてゆきます

さくらさくら

颯爽と車両を過ぎる女性車掌の髪くくりたる黒色のシュシュ

右の窓に千本桜映りおればみな右を向く満員電車

二本松高村智恵子記念館お手洗い場のレモン石鹸

さくらさくら愛想悪さで名の知れたとんかつ屋さんの一本ざくら

震える夜

九州へ向かう自衛隊とすれ違う東北道のサービスエリア

被災地と呼ばれる土地と被災者と呼ばれる人が増えゆく四月

熊本の震える夜に一人きりさまよう五年前のわたしがおるらん

余震なり臨時ニュースの声も灯も揺れ湯あがりの身は冷えてゆく

わたしの町を君の町を

いつ誰が辞めたかわからない部屋で補うための残業をする

みな次の仕事を探しながらこの昼を務めるオフィス七階

ふるさとの訛りひどしとのクレームへ謝るほかにない電話口

八階の休憩室の自販機の一〇〇円の缶コーヒー甘し

エレベーターに乗り合わせたるサラリーマンの銀の結婚指輪がきれい

地下道の広告「結婚相談所」「不妊治療医院」と続く

歯ブラシを君はいつでも持ち歩きわたしの部屋に置いたりしない

「ありがとうございます」のみ返りくる七月計四通のメールよ

ふるさとを離れ出会えば同郷の二人は「んだ」も「んね」も発さず

変な日に連休を取り帰省するお盆休みのない職なれば

仙台駅にセーラー服を見かけたり半分は就職する母校の

母もその姉も妹も学びたる公立高校にわれも通いき

おかえりとわれを迎える茹でたてのとうもろこしと冷やしたスイカ

ふるさとに本家のとうちゃんもうおらず本家のかあちゃん豆届けに来

夏の窓にホップ畑は広がりぬ　親戚もみな高卒なりき

生みそこねたるわたくしが農道を去勢済みなる犬と散歩す

暖冬にわけも話さず遠ざけし見合い話に母は触れず

いやなんですあなたのいつてしまふのが——智恵子の空の旅にて君は

外回りしてるだろうかワイシャツにわたしの付けた釦をはめて

お風呂場の窓を開ければ聞こえくる畑向こうの家のカラオケ

君は下戸だからね酔ったいきおいで突然電話したりしないね

ひと月を会わずにおれば右顎のほくろばかりが浮かびくるなり

にわとりが鳴きはじめたり鄙の家に彼は誰時を寝入れずにおれば

吃音の父は軽トラ走らせて施肥しに行けり朝ごはん前

最上川はわたしの町を君の町を流れゆく川　赤い橋見ゆ

ふるさとの茄子をもらいて帰り来れば君にだし、しなど作ってあげたし

片陰りおみくじ引けば薄紙に「待ち人遅く来る」と告げらる

線香花火

なにごともなかったように君が来て守られている夏の約束

助手席のシートを直す　足の長い誰かの座った季節を直す

シャッターを君が押すとき君の眼はわたしのカメラに隠れていたり

喧嘩したこともないのに仲直りしたいと思う線香花火

リターントゥティファニー胸に刻ませて今その意味がよくわからない

「またね！」って帰り際に言う「さよなら」と先に君から告げられぬよう

三度目の本厄

日曜の午後四時過ぎに地震くるジャガイモ五つ茹でていた時

待ってとも待たないでとも言われずに過ぎてゆく秋コンビニへ寄る

くちづけがしたい月夜の帰り道にわたしが拒んだ梅雨の続きの

次なんてないかもしれないなんてことあの三月に知ったはずなのに

いちじくの味も知らずに三度目の本厄を生きゆくわたしなり

人生に「もしも」はなくて黒ほおずきアパート跡より根ごと引き抜く

カレンダー一枚残し破る時の長袖からはみ出す手の温度

わたくしの名に九つの窓があり結露しているその磨りガラス

追伸

問診票〈現在妊娠中である〉①はい②いいえ③わからない

採血のアルコール消毒に染まりゆく左腕なり冬の診察室

しばらくは経過観察とはいえど赤い数値を抱え雪道

18ℓの灯油を持って歩く道がどこまでもどこまでも延びゆく

いつまでもわたしが待っているなんて思わないでね　駅に雪片

ベランダに干した大根ほそりゆきたり　この冬も一人で生きる

海原へ小舟を送り出すように投函したり冬の手紙を

追伸に去年の君が褒めくれしおでんのつゆのレシピを記す

うさぎりんごも木の葉りんごも得意なり　なれど自分のためには剥かず

もう冬のボーナスを手にした君の部屋に散らばるだろう春本

猫に見られる

夜の街の昼の時間は夜の人が眠れる時間　鈴を鳴らすよ

家族にも友達にも恋人にも話せぬことの風船の色

夜の街の雑居ビルにて白衣なる人はわたしのひと回り上

手に取ったお菓子の数やコーヒーの濃さも診断材料めいて

とろとろと過ぎゆく午後の国分町に心の内を吐かされている

好きだった理由を言えば言うほどに　愛は理由がないという窓

ミルク二つ砂糖二つのコーヒーが冷えるまで泣く猫に見られる

ちょうちょ

椅子の背に折りたたみ式ヘルメット備えオフィスの昼は過ぎゆく

震災時のお客様対応マニュアルを「懐かしいな」と仕分ける上司

恋人に石巻市へ迎えられ菜穂ちゃんは越すボーダー服で

三十歳《さんじゅう》で被災してより増えてゆく診察券だ角曲がりつつ

今死ねば誰がわたしを泣くだろう白い壁紙ひび割れたまま

避難所の孤独に似たり南向きの待合室に付き添いもなく

八木山のベニーランドの観覧車から君と見た海の遠さよ

震災のそののちのこと愛されたことも愛されなくなったことも

孵らない卵を購う　腫れを持つ甲状腺はちょうちょのかたち

春の海

六年ののちに初めて訪えば復興商店街のない町

ここまでを津波が来たという線が新しい自動販売機の上に

しあわせな友のしあわせな悩みなど聞きつつ海鮮丼が美味しい

いつか水に沈んだ道を歩きゆくガールズトークなんてしながら

春の海に陽は反射して少しだけふしあわせなわたしも照らす

石巻こけしに波は描かれて帰りの電車へ共に乗りたり

ひとりという家庭のかたち日曜のベランダに干す一つの枕

この部屋を出たいけれども　ベランダの鉢に大葉の種を植えたり

呼び鈴

一人では来たことのない部屋だから呼び鈴そういや押したことない

「隣なら引越ししたよ」なんて言うドラマみたいな隣人おらず

転勤でこの街に来たひとゆえに転勤でこの街を去りゆく

ボタン付けわたしにさせたワイシャツも一緒に引越ししていったかな

もう遠くなりたるひとを万華鏡のぞくみたいに思い出しおり

踏切を快速電車が通り過ぐ　言葉でちゃんと傷つけてほしい

笑うしかなくて笑えば笑う人、泣く人、泣かせてくれる人あり

この話はこれでおしまい。歩き出すための新たな靴を購う

ゆるし方ばかり上手になってゆく心に最上川が流れる

五合炊き

残業だ「働くママ☆」がお子さんの都合で今日も欠勤だから

弁当を食べればラップが残るなり冷凍保存してたご飯の

頭髪の薄くメガネをかけている人を「メガネの人」と呼びおり

電柱の根元にタンポポ咲いていていて　生命保険審査に落ちる

生活保護ってどうなのかなとつぶやけば女友達やたらくわしい

五合炊き炊飯器にて五合炊く　すべてわたしが食べる白米

「申し訳ございません」を今日何度言っただろうか機械のように

死ぬのかと思う職場を出た後の透明さにて街を歩けば

ベランダに十九の蕾この夏に十九の花がひらく慰み

紙吹雪つくる

蛍火は見ず靴を脱ぎこの夜に一つの弁当箱を洗って

岬への旅番組が流れいる午前二時過ぎ風鈴が鳴る

寂しいな　人に会っても寂しいし人にキュウリをもらっても寂しい

『ジョゼ虎』をまた観てしまうアパートに更新書類はきっぱり届く

元恋人の姓とわたしの名をつなげググったら出てくる犯罪者

もう電話のこない相手の番号も消せない紙のアドレス帳は

「すごいねー」「モテモテねー」と言う役として女子会の夜は更けゆく

根は明るい人だと吹聴されてもう笑うしかないいつものように

教え子を二人孕ませ不倫までするから与謝野鉄幹きらい

ひと玉のキャベツを買えばそれだけで満たされているような日曜

八冊に綴りたる十七年分の日記を千切り紙吹雪つくる

ありがとうだけでは生きてゆけないね紐を引かねば点かない灯かり

素麺を茹でる速さで夏は過ぎ少し老いたるわたしが残る

傘の中

生きるしかないから生きる平日の休みに映画館へも行って

パンプスを履く前に貼るばんそうこう傷つく前に貼るばんそうこう

女性誌の付録ポーチに通帳と年金手帳がぴったり入る

『彼女の人生は間違いじゃない』
震災ののちを生きゆく独身の女性の映画に一人客多し

東北の女性を東北出身の監督が描くならば信じる

まばらなる客席に向けスクリーンの女優が薄い胸を晒しぬ

ぬばたまのシアター2に二時間を居合わせて誰の声も聞かない

ヒロインにわたしはあらず傘の中で泣いても誰に見られたりせず

はぐれていない

「死にたい」と隣りで笑う同僚に「えー」と笑うキー叩きつつ

観覧車をながめたいのにブラインドがまた下ろされている休憩室

順繰りに人が嫌われゆく職場　あ、そのお弁当おいしそうだね

肯定も否定もせずにほほ笑んで「大変でしたね」と言う係

八時間仕事して夜、残業をしたならもっと夜の帰途なり

猫耳のメイドがティッシュ配ってて渡されないでその場が過ぎた

ひと月ののちに裸になるけやき並木の透き間に夕闇は洩れ

さまよえるわたしを誰も探したりしない誰ともはぐれていない

知っている道に出たってアパートに鍵挿したって迷子のままだ

冬でなければ

人の子を抱くように米を抱いている女を見たり日曜の午後

わたしのが割れれば君に使ってた青い茶碗へご飯をよそう

いつだってどうにも眠い腹減ってせんべい布団はおいしくもなし

雪の降る寒さだ、これは。恋人のいた頃買った兎耳パーカー

カルピスを牛乳で割るぜいたくを時々はして元気でいます

笛のような楽器を始めてみたい冬　いつも笑っていれば疲れて

可愛いとわたしに言ったことなどもなかったように結婚する人

落葉樹常緑樹並び立つ道に冬でなければ気づかなかったな

わたしはわたしの今を生きるよ十二月のキャベツの芯も千切りにして

御守りをどんと祭の火にくべて、さようならわたしの願いごと

いつか忘れる

「たすけて」を「大丈夫！」に変え笑いたり災害強者だったあの日々

震災ののちの日陰で心理士にアサーションなる語を賜りき

恋人が年若ければ錘めく愛のことばは終ぞ伝えず

誰も悪くなくて返事をしてしまう月収五万下がる仕事に

七年を経ても自分を後回しする癖が治らない、遣り水

守るものがなければ朝のミサイルも地震も構わず二度寝するなり

セキュリティカードかざして開く戸のいつか忘れる暗証番号

錠剤は雪の色からほのひなた色に替わりて半分に割る

カウントダウン

観覧車が休憩室の窓に見ゆカウントダウンみたいな日々だ

弁当をちゃんと作るのえらいねと言われるために作る弁当

チャングンソクの話ばかりする人といてチャングンソクの話ばかり聞く

おかき森と呼ばれるほどに煎餅を笹森さんは毎日配る

さくら模す電飾灯り同僚が上司が遺族めく退職日

職退けば他人になると知りつつも別れ際みな再会を乞う

交換をしたままに持て余したるいくつかのアドレス持ち運ぶ

りんしょく

芽吹きゆくけやきの枝よ配属先の二階の窓を額縁にして

二日前まで使ってた前職のパスワードまた打ち込みかける

つくしの背の伸びゆくことを唯一の楽しみとして日々通勤す

わたしより年下らしい係長の二人目の子のために働く

「りんしょく」は臨時職員の略にして「吝嗇さん」とは呼ばれていない

専用のＩＤは付与されずして上司のパスワードを借りるのみ

わたしではない名で作る決議書にわたしのハンコを押す欄もなし

主任しか使っていない電子レンジが主任の私物なのか聞けない

二時間をコピー機前に立ちおれば匂いくる食堂の鶏だし
生まれたてのコピー紙二三〇枚を胸に抱けばほのかにぬくし

オレンジジュース

チョコレートパフェに花火は立てられていつかは消えるものばかりだ

また会えてうれしいですって何度でも言うよオレンジジュースで言うよ

箸袋に鶴の折り方書かれいて箸置きの鶴五羽になりたり

終電を逃して渡る歩道橋やさしいな春の月の光は

めぐりめぐり

路線バスと記されているワゴン車がバス停に停まり病院へ行く

産みてより年に一度の帰省するいもうとの三度目の夏なり

いもうとのぷくぷくの子と話す時のわれの一人称の「おばちゃん」

田舎まで新幹線で来たる子を大人はさらに連れ出そうとす

木も虫も耕運機もあるふるさとに暮らす人らの大きなあくび

結局はイオンモールへ出掛けゆく甥っ子いもうと父母を見送る

ナスの花の色はむらさきジャガイモの花は白くてキュウリは黄色

花畑にあらねど花のとりどりに咲く農道を犬と歩けば

鍬を置きわしゃわしゃ犬を撫でにきてしあわせそうな須藤のじいちゃん

紙吹雪みたいに蝶は野に降って過去の答えの今と思いぬ

この畝にちょうちょはさなぎであったこと、さなぎはいもむしであったこと

いもむしが這ってるみたいで薄闇の指を拒みしこともありたり

甥っ子がこの家にいる六日間のために積み木は隣町から来る

いつぞやに撥ねし見合いのことをまた伯母は積み木を水に浸しつつ

これまでに積み木へ触れた幼らの手の跡を消すがに濯ぎおり

曲がりいる夏の蛇口に映りたるわたしはぎらぎら歪んでおりぬ

泣きながら濡れた積み木を夏の陽に向けて並べる泣くしかなくて

夏祭りから帰り来て「この子にもいとこが欲しい」と乞われていたり

お下がりのめぐりめぐりて甥っ子がいま手に持てる積み木の円み

やまたずの初潮を迎えしとき母に「いやらしい」とぞ吐き捨てられにき

痩せぎすなおとうとの開けし壁の穴がランプの水彩画にふたがれおり

鄙なれば幼の夜泣きの声なども華やぎとして空に広がる

紙に触れ

金曜の仕事帰りにコーヒーを飲みに行くため生きている日々

一人ずつあいだを空けて埋まりゆくコーヒー店のおひとりさま席

ノート、本、楽譜、おひとりさま席に座る人みな紙に触れおり

コーヒーを置いてノートを広げればしみじみ小さな円いテーブル

壁と同じ色のペンキで塗ってある天井のむきだしの配管

読みかけで席を立つ時はさみたりスティックシュガーの赤い袋を

うつくしいかたち

通路向こうは海であるのに山ばかりながめる方の窓側の席

誰ひとり呼び捨てにしたことのない来し方だった車窓のみどり

いくつかの川を越えたり進みゆく新幹線に足をそろえて

家柄も仕事も齢も釣り合いの取れた夫婦のうつくしいかたち

大学の教授の祝辞は講義めき菌の話が八分続く

子は何人欲しいかという質問が三十五歳の新婦にも降る

まるだし

校庭に沿う十本のトウカエデ順に散りゆき今朝七本め

通勤の人らの並ぶ遮断機の間を鳥が群れて行きたり

土中にも風は吹くなり乗りそこねたる地下鉄の走り去るとき

サンタ帽被されており十月からデスクの上で笑う南瓜に

柳になって仕事してると言う人の「申し訳ございません」すがし

くたびれた綿のショーツにスカートの内のわたしの尻のまるだし

バイク乗り捨てたるままに幸福荘よりベトナムへ帰国したとか

ブラインドに刻まれて西日は射せり　いつか誰かに思われし指

恋人を「おまえ」って呼ぶ女子高生と二〇時のバス停に列なる

極月に道路工事は華やいで明滅イルミネーションみたい

こんなにも美味しいわたしの唐揚げをわたし一人が食べている夜

ふくまねば忘れてしまうミンザイの色がすみれか紫陽花だったか

鐘四つ鳴る

椎の実はスーツケースに運ばれて鳥取からみちのくへ来たりぬ

お国言葉五つ弾ませタクシーは摺上川《すりかみがわ》の橋渡りゆく

鐘四つ鳴るなり雪の信夫山《しのぶやま》にわれら四人で訪いたれば

薄紅のまぐろと紅いまぐろ乗せまぐろ丼ゆたかなりけり

求人のメールは届く平成の最後の天皇誕生日にも

iichiko のポスターの中にいいちこを探す今年ももうすぐ終わる

ビンゴ

土曜日に出勤すればまるだしの尻に触れたる便座冷たし

「穴めっちゃ空くけどビンゴは揃わない人ってイメージ」と言われておりぬ

梅原鏡店のショーウィンドーの鏡みなこちらを向いてわたしを映す

赤信号の横断歩道を渡りゆく恋人たちの背がもう遠い

ベランダの屋根小さければ春の雨降るなり鉢のキャベツの花に

雨が降り雨があがって新しい元号は明かされて昼なり

おだやかな日々

虫除けに鉢へ置きたるにんにくの一かけらより芽はのぞきたり

平成の最後の「朝まで生テレビ」のガラス向こうの電話オペレーター

米に麦の少しを混ぜて炊く夕べ平成があと二日で終わる

令和元年五月二日の朝の地下に避妊具二つ落ちているなり

令和元年五月三日に実家からコシアブラ来て天ぷらにする

知らぬ町の知らぬ電車で向かい合う中学生の脛に毛を見つ

休日のわたしがガラス戸に映りふつうの女の人のようなり

こどもの日でこども無料の白石城に四〇〇円を払って上る

一人旅にみな優しくて城の人も温麺《うーめん》店主もこけし屋さんも

誰からも必要とされぬ手で触れる弥治郎こけしのろくろ模様よ

薄葉紙、箱、包装紙、ビニールの袋の順にくるまれるこけし

酒タバコ賭け事もせず恋もせずおだやかな日々を送っています

ヒメジョオン摘む人の誰もいなければ胸の高さに咲く線路脇

まっすぐに伸ばしていたい前髪が初夏の額の上で割れたり

あとがき

「歌人になれるんじゃないか」と、日本史の宇野先生は十六歳のわたしに言いました。地元の子供の半分はそこに通うような地元の平凡な高校に、わたしも通いました。二年生の現代文の教科書に短歌は載っていましたが、たいして触れもせず「短歌は三十一文字です、五つ作ってみましょう」と、集めたものをコピーしてホッチキスで閉じただけで終わってしまいました。その黄緑色の表紙の冊子を、宇野先生は読んだのでした。先生は、日本史のテストに「奈良の大仏建立を短歌にしなさい。」などどいうむちゃくちゃな問題を出してくるような人で、母が高校生の頃から同じ高校で日本史を教えていました。授業で詠んだわたしの歌は「授業中眠い」というような、その頃の状況や気持ちを定型に収めただけの、今となってはヘタクソなものでした。けれども、なにも取り柄のないわたしは、冗談とも本気ともつかない先生の言葉がうれしかったのです。

それからわたしは調子に乗って短歌を詠みはじめ、ればよかったと今さらに悔やまれるのですが、しばらくは詩を書いていたりして、短歌に移行したのは二十代半ばです。それでも、こうして歌集を刊行する運びとなってみれば、二十年以上も前の宇野先生の言葉が、なにかの啓示であったかのように思い出されるのでした。

歌集には、二〇〇四年から二〇一九年まで、ほぼ編年順で四〇二首を収録しました。

生きてきたとおりに、歌はできてゆきます。それなりにまとまってきたものを読み返してみては、歌の出来不出来とは別のところで恥ずかしくなったり、打ちひしがれたり、もたもたしました。もたもたしているうちに、敬愛する石垣りんが第一詩集『私の前にある鍋とお釜と燃える火と』を刊行した時と同じ年齢になり、踏ん切りがつきました。

生きてきたとおりに歌はできてゆきますが、歌のためには生きないように、ということを心にとどめてゆきたく思っています。

出版にあたり、現代短歌社の真野少さま、装幀の花山周子さまに大変お世話になりました。阿木津英さま、松村正直さま、北山あさひさまには、お忙しい中で栞文をお寄せいただき、心よりお礼申し上げます。また、塔短歌会の皆さまにはいつも優しく力づけていただき、ありがたく思っております。そして、未曾有のコロナ禍の渦中を、わたしの歌集に関わる形で働いてくださったすべてのお仕事の方々に感謝いたします。

二〇二〇年初夏

田宮　智美

著者略歴

田宮 智美（たみや・ともみ）

1980年 山形県生まれ、1999年より宮城県在住
2012年 塔短歌会入会

歌集 にず　塔21世紀叢書第三六六篇

著者　田宮 智美

二〇二〇年七月十五日　初版発行
二〇二三年四月二十八日　再版発行

定価　二〇〇〇円＋税

発行所　現代短歌社
〒六〇四―八二一二
京都市中京区六角町三五七―四
電話　〇七五―二五六―八八七二

発行人　真野 少
装丁　花山周子
印刷　創栄図書印刷

ISBN978-4-86534-330-4 C0092 ¥2000E

gift10叢書 第29篇

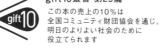